W0293228

Doris Runge

zwischen tür und engel

Doris Runge

zwischen tür und engel

Gesammelte Gedichte

Ausgewählt und
mit einem Nachwort von
Heinrich Detering

Deutsche Verlags-Anstalt

Liedschatten

ein scharfer wind

ein scharfer wind schärft
disteldolche und
andere klingen
über der schuldfrage
lernten wir das
apfelschälen

manchmal nachts
die morde
die wir tagsüber
mit sauberen händen
begehen

regenlianen

von gedanke zu gedanke
bittermandelmelodie
mit larmoyanz
in dunkelpoesie
eroberst du
die seelenlandschaft
aufwärts vom knie

Der Vogel der morgens singt

hinterm deich

ist die landschaft abgegrast
am horizont
das schimmelreiterreich

im nebeltuch regentrude
sie strickt den tag
auf langen weidenruten

wer weint ihr die fäden
ich hab keine zeit

fürchte das wetter
buchte den wolkenschlepper
für einen südlichen traum

serenissima

das lied ist gesungen
der letzte ton zersprang
rosen liegen in scherben
ein geöffneter mund
den niemand mehr schließt

jagdlied

fliegen

meine flügel ließ ich dir
du rupftest sie
für unser daunenbett
nun träume ich nachts
vom fliegen

es ist wie immer

erste sommersprossen
vom buschwind
rosenlicht
durchlässigen
vorfrühling

ach meine katzen so voller sehnsucht

und gottseidank etwas
das mich unruhig macht

flugreise

über den wolken
fällt der mond
eine zitronenscheibe
ins glas
öffnen sich
blusen wie herzen
engelhaar fällt
sternschnuppen sausen
schnell schließen
einige herren
die augen
haben einen wunsch frei

ikarus

das herz randvoll
mit himmel
als die erde
mein raubvogel
immer größer
und dunkler werdend
mich mitten
im flüchtigen traum
schlug

disteln

friedlich im sand
ratterndes erntelied
möwen im schlepp
augen voll flügelmuster
deine flatterschwinge
schwarz gegen die sonne
septemberspray
haut wärmt wie tee
in kleinen schlucken
zu genießen das glück
kratzt seine rechnung
unter die augen
drei krähenfüße cash
den rest später

morgen bin ich transparent
getöntes pergament
für deine disteln

september

licht runtergebrannt
erdtöne flackern
ein dünner rauchfaden
schwalben nach süden
eine mit gebrochenem
genick
die katze trägt
den sommer zurück

zigeunerin

beeren und ahornblut
sie schürt die abendglut
legt karten
trägt kleinen tod
in schwarzen spitzen
dreht sie den federkragen
rot schwillt sein kamm
der hund schlägt an
ein fluch ein zeichen
rot weht ihr kleid
der bäurin der gans
gibt sie noch
bis martini zeit

bäume [I]

vor der roten
wegsackenden sonne
winterbäume
noch einmal heben sie
trotzig
ihre blutgescheuerten geweihe

küste

küste
schön geschwungene
hüfte
ins blau
teer tang
perlmuttersand
öl totes
gefieder
den kopf
spalten
düsenjagdlieder

jagdlied

spannst neu den bogen
übers jahr
schießt du mir fliederduft
ins haar ins herz

den reim
in blattgold
später

jetzt komm ins gras
das alte spiel
die haut das nest
rupfst mir den rest

federn
blutschön am grünen hut
später

wildbret satt

mit blick nach unten

der sommer mit seinen
erdbeerfallen
so bodennah rot

einige jahrgänge ernten
körbevoll himmel
mit blick nach unten

später die gleichen
früchte nur der
befall nimmt zu

sommerfrische

du richtest dich ein
in mir
landhaus mit dorischen schenkeln
mit schönen antiken
gefühlen
rosa samtvorhängen
schwer genug gegen
zweifel
ein lächeln morgenrouge
auf die wettergeprüfte
fassade
das hält bis zum nächsten regen

ich tauche meine hände
in schwarze farbe
und schreibe
die ballade von einem
der einzog das fürchten zu lernen

wochenende

überm teekessel
weiße wolken
beschlagene brillengläser
eine zeitung
anzeigen
schwarz gerahmt
wie fingernägel
nach langer
drecksarbeit

unter wölfen

ist hunger gesetz
und winter
meine verwandlung
heul ich gegen den mond
in der ebene
weiß ich ein lamm
bevor das rudel
setz ich an zum sprung
unter wölfen
ist hunger gesetz

café niederegger

hinter rüschen runzeln
brüssler spitzen
gezuckert gepudert
die alten damen
vom kränzchen
legen den kaffeelöffel
auf die untertasse
sanft
wie sonntags
die blumen aufs grab

kommt zeit

lied

ein grünes pflaster
vor den augen
das herz blüht auf
und sieht und singt
der liebe auferstehung
in jedem baum baut
fleisch ein nest
komm liebster lüge
halt mich fest

sentenz

angst macht
liebe
macht angst
das ende die
himmelfahrt
in der
schenkelschere
fällt angst fort
pflanzt sie sich
schlangenköpfig

wieder gespalten

in ich und du
blut im alten gewässer
fließt ohne eile
dem herzen zu

über mir schlägt
der himmel sein rad
wolken lösten
sonne dich ab

schlaflos

wind will
laken schütteln
schnee was von
der liebe blieb
schwarze schafe
zählen werde
ich nicht müde

hexenspruch

korallenhaar und pfaffenhut
mohnraute und schlangenbrut
dohlenschwarzesteufelskraut
schierling für die neue braut

morgen back ich
morgen brau ich
hol zurück
was mir nicht gehört

ertrunkener sommer

mit raddampfern
befahren bauern
versunkenes reich
käfer krabbelgetier
fand nicht zurück
zu flosse und laich
ich melde kopfunter
seerosen durchwachsen
meinen leib schwarzes
schlingarmiges gewächs
kalte schmatzende münder
froschkönige werben
ums vergessene geschlecht

die mönche von c

mit der dämmerung
schlüpften sie in die schatten
der bäume beugten ihre rücken
übers wasser sprachen ein
grünes gebet nahmen vom
wind hände gesang fiedelten
wer hatte ihre schriftgelehrtenseelen
aus dem pergament gerollt riefen
bruder mauer halte nicht fest
am stein schwester fleisch
wir sind gekommen dein grab
zu befreien dein herz sieh
es hat sein zelt aufgeschlagen
leuchtfeuer gezündet für die
verlorenen eingenäht in meine
tierhaut heulte ich den mond an
sah sie aufsteigen nebelkutten
über den klosterseewiesen

dorfhochzeit

die nachbarin hat es vorher gewusst

zu viel haut zu wenig braut
zu weiß unterm schleier
zerwühlt die rosen rot
auf der brust
unschuldig der wind
am gebauschten rock

sie hat es vorher gewusst
das gute ende

römischer park

herrlicher apoll
ungeübt im umgang
mit göttern
ergebe ich mich
deinem schönen
lebendigen schatten

nebel über dem kirchacker

das vergängliche fleisch
der bäume graue aufsteigende
seelen gegen mittag
ist der maulwurf tätig
für unsere heimkehr

grubenlampe

lebendig begrabene bilder
im stollen im wurzelwerk
schlafen vater mutter nicht
fremd wie sie es waren im leben

gebt mich nicht fort
dass ich nicht aufstehe
zur tat liebe fremde
verlorene wesen auswürge

wer

warf ich die brut
aus den nestern

verteilte sie unter den schwestern
federn schmücken meinen hut

führte ich das lamm
zur bank den schwamm
zum mund das brot

wer hält mir die augen
offen die ohren das herz
wer droht ich sei nicht tot

kommt zeit

kommt zeit kommt mord
kein widerspruch kein
wort kein jubellaut
was soll ich hier was dort

wintergrün

geschützte landschaft

folgen wir
seinem wiedergänger
einer russenmütze
wo ist die flöte aus rohr

einst rafften wir töchter
die röcke und sprangen
graue nachkriegsnebel

durch gras über hecken
was blieb ist eingezäunt
erinnerung
geschützte landschaft

das kind

gefüttert
mit furcht leben
verboten
die tür
aus dem märchen
öffnete es
mit fäustlingen
schafwolle
über dem herzen

im rückspiegel

an der kindheit
vorbei zurück
auf allen vieren
bin ich viel schneller
folgt mir mein schatten
fahr ich ihm nach

fisch den fischen

sahst du das kind
am fluss
nun schweigt es
mit den fischen
sahst du die braut
den köder
fisch den fischen
siehst du mich
schwester
und die anderen
am toten arm

das glöckchen ruft
[holzschnitte aus einem kloster II]

verteilt er
rosen und kränze
wunder und kerzen
fischt er
jagt er
die alte haut
bliebe gern
eine weile
auge in auge
mit der mündung
vertraut

der hof
[holzschnitte aus einem kloster V]

heilige
in sonnigen nischen
rauchen setzen
figuren auf weiße
auf schwarze felder
licht
aus belaubtem stein
heiter
wie jenseitig
gehen sie
durch wattierte wände
die verwurzelten
in grünen kutten
mit ausgebreiteten armen
versorgen
die vögel des himmels

mimikry

es streicht durch
rattenschwänzige gassen
hockt auf dem dach
riecht angst
buckelt zeigt
der mausäugigen
zwei gelbe monde

am seidenen faden

eingesponnen
was flüchtig
ehe der himmel rot
über der
wunde leben
mir abstirbt

sieger

so werden wir
aufeinander zugehen
mit ausgebreiteten armen
lachend
bis zum anschlag
so werden wir nie wieder
klein zaghaft ängstlich
zu tode so werden wir sein
mit kalter haut

inselreiter

aus der gischt
hebt den rücken
das schönste der herde
reitet der wind
kämmt die klettige
schwarze heide
scheitelt zottige büschel
fell den fahlen skalp
weiß stiebt und verweht
die mähne hält fest das erd
wesen mit einem willen aus stein

tag und nachtflieger

stimmen
im turm
unter firsten
und bögen
fliegen
durch die jahrhunderte
als wäre ihre zeit
göttliche
zeit ein raum
dieses haus
noch immer
bewohnbar

liegt mir vor augen

lag mir vor augen
auf der hand
am nächsten
näher
nah

weitsichtig
suche ich nach meiner
alten brille

grüne gedichte

ungeschrieben
sie werden mir zuwachsen
mich zudecken
ich werde ihr grün
mit den wurzeln
schmecken ihren schweiß
den steinigen regen
sie werden moospolster
auf die augdeckel legen

alter friedhof in güstrow

der weg aus steinen
der geborstene ring
der reigen
erloschener namen

ein beugen ein neigen
ich setze
den schritt wer führt
ich spring

von stein zu stein

dom zu ratzeburg

seine löwenpranke
im großen teich
es wuchsen steine
zu dom und
reich
an vergänglichkeit
ist jede zuflucht
es härtet zeit
das herz
es häutet zeit
den stein

ein glücklicher tag

geht
seinen gang
zum abend

aus meinem leben
tag ohne sieg
niederlage
aderlass
rot einfach rot
und unheimlich
leicht

geht er
seinen gang
zur nacht

bin ich ärmer
um den vergangenen
weiß ich kaum

grund genug

kein zimmer mit seeblick

das blaue wunder
im kopf
und den glauben
dass es weitergeht so
und mit blattgrünem himmel

und dass der blick hält
was nicht länger festhält
die treibenden fäden
eine vorübergehende trübung
im glaskörper des auges

das blaue wunder
der glaube
dass uns das licht
nicht ausgeht
vor dem einschlafen

zuflucht

ich kreise
aus der bekannten welt
fällt kein schatten
ich schnäble
mit dem schwarzen
steige falle wie eine
liebende fällt
aus großer höhe
liege auf weißem laken
still mit geöffneten augen

ankunft

die stille
vor dem sprung
der angehaltene atem
vor dem schlag
die luft
stahlblau
gehärtet
das schwert
eines engels
mein roter federbusch
hüpft auf und ab
mein kopf
in vorauseilendem
gehorsam
rollt ihm zu

sommer

das war ein blutsturz von rosen
der heiße rücken der erde
das war ein altmodischer sommer
aus einem anderen leben
ich will nicht abschied nehmen
von dort wo ich nie war
von der tafelrunde grüner blicke

wer gibt uns die bilder
zurück
oder den traum
die feuerbälle
wer legt uns glut
in die ausgebrannten augen
streut asche
auf vereiste herzen
pfade die noch zu gehen sind
bis zum ende
bis zum wegkreuz
als hätten wir
eine wahl

stille wildnis

weich unterm regen
sumpfige
teiche leben
im schlammigen grund
die langen wurzeln
mein fleisch
schwimmt
als grüner schatten
davon
ein geflügelter fisch
öffnet die augen

der schreitet aus

wie ein bauer
über aufgebrochenem acker
über rehbraunem asphalt
der schlug mir den sommer
aus der decke

der setzt auf
kahle sätze
auf nadeln
auf dornen
der rückt mir zu leibe
mit mullweißen nebeln

hinterlassenschaft

gras
wie grün den toten
das haar wächst
für den wind

der stein
über dem einschlag
eingeflochten von moos
das gedächtnis
grünverhangen
aller scharfen umrisse
aller schatten beraubt

aber dein handschuh
meine hand in deiner
neben dem stein im gras

zehn lebendige finger
bereit
das gras zu schneiden
den stein zu wälzen

ich schließe

einen pakt
mit dem schweigen
oder wollen sie
einen raschen satz
gegen über für
um dabei
gelesen zu sein
klarer zu sehen
und schwärzer
eselohrige makulatur
ein ablasspapier

dies aber ist
die verschwörung
das blatt
das zeichen

windstille
hier sagt die legende
überlebten wir
alle erlöser

nachtrag

dieser handlauf z. b.
weiß nichts
von schwung und abfedern
und wie man
auf die füße kam
wieder und wieder
die stufen
nichts
vom auf und ab
nicht einmal die fundstücke
erinnern sich
dieser hut vergaß
den jäger der gamsbart
die gams
der mantel
den träger
der haken weiß nichts
vom erhängten
im gerätehaus
finde ich spaten
und besen

ich

sagt diese stimme
mein erbstück
mein wortführer
mein lispelnder versucher
mein mönchischer bruder
ich teile deine zelle
die verrückten früchte
deiner hirnschale
ich bin deine hand
dein mund
ich bin da
wenn der kuss fort ist
(dein bisschen glück war immer
sprachlos)
ich zimmre dir ein leben
beleg dich rückwärts mit daten
beschönige verschweige
das macht sinn
ich war dein himmelschreiender
anfang
deine greisenhafte verweigerung
dein trotziges ja hier bin ich
und ich bin
auf dem rückzug
langsam
unaufhaltsam

ein riss

im blinden fenster
kein tag
aber die ungebetenen
die aschermittwochskinder
mit hilflosem flügelschlagen
mit widerhaken tief
im rest

traumwandlerisch sicher
nenne ich sie alle
bei meinem namen

ein weib

ich kannte ein weib
das ging unter wolken
mit haar vom morgenrot
und gänse flogen auf
und zweibeiner legten
den kopf zwischen die pfoten
ich habe seine spur
verloren niemals
sah ich dies weib
aber das greinende
die flügel in fetzen
das um die fenster streicht

lieb schwester

wie milch dein haar
dein häubchen
weich der brei
dreh dich nicht um
sieh mich nicht an

mit einem blick
schwarz und weich
und warmes tuch
dreh dich nicht um
sieh mich nicht an

noch lieg ich mit
dem kopf zum land

meine feder

eigenwillig drehend
um die falllinie
jahre hinab

ein vogel
in der hand
einer wartenden

die schreibt
schreibt
sich fort

nach osten
durch den schnee
und schüttelt

frau holle frau holle
die kissen
für eine wiege

die wartet
wie ein sarg

antwort

aber ich breche dir
wörter wie brot
streue krumen
auf weiße wege

elstern folgen
füchse nehmen
witterung
du aber fürchtest dich

vor dem schnee
vor der stille
vor dem gläsernen
gesicht

vor dem augenblick
wo der vogel
seinen schatten erkennt
die erde berührt

die beute

die flosse im stein
der vogel
der abdruck
eines fußes

aufbruch
aus der savanne
flugsand
blechsterne
leuchten
blinklichter
grüne ampeln
für einen flügelschlag
zeit geister gehen um
mit toxischem atem
wann wird es dunkel

dann brechen
die kapseln auf
dann gibt der stein
die flosse frei
und den vogel
dann wird
kein stein
oder ein stein
alles sein

nicht mehr

nicht weniger
grund
genug
den blick
gen himmel
zu heben
abends
noch immer
der einfall
der krähen

seele

schwarzledern
der engel
in reisestiefeln
im staubmantel
als sie den irdischen
mund beschlief
jetzt schmeckt
mein fleisch
erde
jetzt sehnt es sich
und übt
an jedem abgrund
fliegen

klosterkirche in c

der für immer
zwischen
himmel und erde
zerrissene
aus seiner gottheit
unerlöste
hoch über uns
im gewölbe
hoch über ihm
über uns
gelassen
ziehen
vögel
ihre schleifen

am abend
trägt der himmel
keinen
vogel mehr

mittelalterlich

mutet das an
die sprünge reichen
weit zurück
man braucht ein leben
bis man einspringt
grüß gott der herr
küss die hand die dame
ach wie jugendlich hüpft
das implantat
auf auf mit frischer farbe
haar und haut
mit zierlichen schritten
wie einst zur geige
war das noch schwarz weiß
natürlich sollen sie mir
nahetreten wenn nicht jetzt
wann dann

aber das meer

sagt der seemann
und mein schiff

meinetwegen auch die küste
ein restleben
bier burger
beischlaf

aber das meer
und mein schiff

und die schwimmhäute
zwischen den zehen
die fischschwänzige
und die unausbleiblichen
folgen

für die standfestigkeit
eines zweibeinigen lebens

undine

löst ihr haar
aus der welle
das lied von der zunge

riss das auge
aus der nacht
zerschnitt

das tanzkleid
das brautkleid
das totenkleid

treibt die ungeborenen ab
den blutigen anflug von seele

das meer

hörst du mich
in der muschel
von dir weiß kein lied
keine spur

dein haus ist ein steinbruch
dein wort ist ein wortbruch

ich will dich nehmen
wie ein weib

ich will dich nehmen
wie ein weib
dich nimmt
zurücknehmen

sieh nur
über dir nichts
als der schrei
geflügelter ratten

trittfeste schatten

natürlich

könnte ich vorher
das handtuch
werfen
den löffel
abgeben
bei sinnen
und nicht gefundenem sinn
das tafelsilber entsorgen
mit oder ohne segen
das weltliche segnen
ohne reue ohne trost

natürlich
werde ich weitergehen
wenn die füße
den dienst versagen
erfindet der kopf
die gängigen
prothesen

die kleinen betrüger

auf samtpfoten
kommen sie
wie gerufen
mondsüchtig
für das nächtliche
mit zungenkuss
für das tägliche
manöver
und wer hätte gedacht
und wie einfach
von den lippen
verrat kommt

sicher

das tief wird weiterziehen
ein anderer härterer wird
die tränen stocken

die schwarzentblößten
werden milchbärte tragen
engel gläserne herzen

der himmel ist leergefegt
hier unten kein mensch
sicher

der schrei [II]

ein windiger
unbehauster
nimmt ihn mir
von den lippen

mein schrei
ist ein raubvogel

die insel

flügel mähen
das licht
ein gläserner ton
zerreißt die luft

zwei vögel
mit harten schnäbeln
über feingebleichtem
horn knochen häute
ein gestrandeter hund
im übergang schillernd
summt

einer segelte
gebunden
vergeben
vorbei

im wasser
die schöne unbekannte
begabt für dieses element
löst ihr haar singt
lässt sich treiben

schneewittchenrosen

weiß
den ganzen sommer
während die anderen
bluten
weiß bis in den schnee
weiß wenn uns schon
schwarz vor augen wird
zeigen die späten blüten
einen hauch rosé
ein spätes bekenntnis
zu spät
sie wissen ja
wer zu spät kommt

dreimal

traf ich den engel
dreimal
bat ich ihn zu tisch
er trank meinen wein
er aß mein brot
er brach mein herz
der schmerz
gab mir augen
ohren mund wörter
reich war ich
als er ging
schickte er
dürre hunger
lehrte mich
lieben
den vogel der
über der wüste kreist

ein kindergesicht

das fällt aus dem rahmen
das fing kein maler keine linse
fängt kein spiegel ein
zeigt keine spur
gelebten lebens wurde
wie es scheint
vorzeitig zurückgegeben sucht
was man ihm nahm nimmt
mich an die hand
wir schwatzen wir schweigen wir
gehen
die seebrücke hinauf bis zum ende
es geht übers wasser
und weiter
es winkt
und winkt

andere

werden weiter fliegen
ich bleibe
mir ist
der wechselnde himmel
genug
süden und norden
ost und west
genug
farbe
in schwarzen lettern
verweht
und was vorüber
ging
in kinderschuhen
mit messerschmerzen
gebückt und weiß
ist wechsel
genug
und rascher
mit der zeit
dreht sich was bleibt

münchhausens garten

die stille

spricht
mit schnappendem fischmaul
mit räuberischem schweigen
im sumpfigen grund
spricht
mit rotgebrannter
zunge ziegelrot
stein und mörtel besprechen
vergangenes

oder
wenn die stille
laut wird
tätiges wort
den augenblick einfängt
diesen

den lautlosen fall
eines apfels
ein zeichen
im verwilderten garten
ein rotes mal
zwischen anderen

roten und
pflaumenblauen und
birnengelben
ein fall
immer wieder
von fall zu fall

und
was ich mitnehme
aus münchhausens garten
den apfel
den augenblick
der alle augenblicke
einschließt

für gaby und matthias

das licht geht

übers gras
mit späten
sommeraugen

liest der stein
blatt für blatt
gelb braun schwarz

die stufen führen
hinaus
über das erschrittene
hinaus

schritte
holen aus
holen ein
holen heim

die abtrünnigen
töchter der luft

abendsegler

ich seh
die kleinen vampire
in den untergang
fliegen
seh sie jagen
in blutroter lache
im schlachtfeld
des himmels
seh ich den tag
mit geöffneten adern

unbemerkt

bin ich
abhandengekommen
bin abwegig
grünäugig
durch wiese bruch und moor
zu gänsedistel und teufelsbiss
sumpfbinse und bitterklee
den hügel hinauf
wer sagt mir
der schwarze senf
der schlangenlauch
es ginge hinunter
zum see

zum see
dort wartet einer
der trägt
auf seiner mütze
schnee

schnee fällt

befällt
zuerst
die augen

vor mir
verbirgt er
den weg

hinter mir
weißt er
die strecke

weiß
ist der abdruck
meiner schuhe

eine hohlform
für den schnee

der fällt

der görlitzer schuster

wenn er fernsah
das herz der welt sah
die sonne
und was sich ins rad legte
und es antrieb
den wüter den beweger
den sanften
und den gestrengen regenten
das treibende
das entfesselte
das eingeschlossene leben
die tore der tiefe
und die pforten des zorns
das irdische haus
die kammern des todes
wenn er die welt
über seinen leisten spannte
war der himmel nah
trost
schade wie schade
dass seine
flügelschuhe
nicht mehr passen

jahr für jahr

wer will zurück
was vergangen ist
was in die irre ging
zurück ihr narren
ihr schwarzlippigen
hohlwangigen tänzer
jetzt ist hier
hier ist kein ort
kein halt kein schoß
zurück
du altes tiergesicht
du bist vergangen
bist du nicht
von der liste gestrichen
hat mein buchhalter
kein auge
zugedrückt
dann sieh her
aschermittwoch
aus und vorbei alles geht
seinen gewohnten gang

du also

wer geht

durchs sommerhaus
wer steckt die lichter an
wer lässt die rosen zur ader

noch einmal leckt
die liebe blut

orpheus

ein spiel
mann nicht herz
genug
schaute zurück
verlor
und gewann
sein lied

immer
ein spiel
man verliert
damit es
singt

märchenhaftes binz

mitten im sommer

die schneegeborene
im blauen samt
zerstoßenes glas
der saum
sterne blumen
haucht sie auf
giebel und balkone
veranden weiß
sie füttert die wölfe
mit kreide sie legt
ihre hand auf dein herz

mitten im sommer

die kleine aus kopenhagen

jetzt fällt es ihr
wie schuppen von den augen
jetzt trägt sie schuhe
und eine krämerseele
kann weinen und lachen
seit er sie küsste
weiß sie von endlichen dingen
silberlinge unter der zunge
sie zahlt mit
gleicher münze zurück

ein kinderspiel

mit der welle
vor und zurück
ein tanz
ein vorstoß
ein rückzug
auf messerscharfgeschliffenem
und die schwestern
schwimmen
und winken
weit draußen
und hinter mir
ein sommer

ich sah

sie übers wasser gehen
in gummistiefeln
in reih und glied

ein vielbeiniger
wattwurm mit
gelber regenhaut

ich hörte den
schmatzenden
gurgelnden grund

ich sah einen fänger
in der luft
mit silberner beute

ich seh ein gefräßiges
grau landeinwärts
kriechen

der abendhimmel

ein geschlachteter hahn
gefährlicher übermut
die götter zu wecken
mit einem schrei

hier geht alles

vorüber und der flieder
jedes jahr abschied
und die rosen jedes jahr
leichter
und die blinde im turm
läuft im rad
schlägt und zählt

das haus

mörtel löst sich vom stein
der gemeine knöterich
stürmt den giebel

im gebälk
schlafen
scheue blutsauger

noch schließen sich
nachts die läden
wie lider

noch liegen wir
untot in den höhlen
unserer laken

auf leichten brettern
schwedische kiefer
aus der zeit

als ikea noch jung war
noch lächeln wir
jugendstilig gerahmt

ein später ariel
bricht sich
im fensterkreuz

verblutet

das war schon

alles
kann sein
das war am ende
liebe
weiß der himmel
wie bald
aus luft und tränen
schnee wird

jetzt ist das grün

mein liebster
diesseitiger
engel

bald werde ich
fliegen
bald ist der fisch
mein schatten

vor meinen augen

gotischer backstein
kein turm kein babel
stein auf stein
ablass
den kuttenträgern
singende seelen
dem düdeschen schlömer
eine wiedergeburt
jedermann
hat aussicht auf
einen grünen rasen

abgang

letzte nacht
ein einsamer schuh
pirouetten drehend
übers spiegelparkett
leichtfüßig
einbeinig
unsichtbar
die tänzerin
ich
gestrandet
in einem fremden bett
nichts fehlt mir
außer diesem schuh

wir wollen uns
nicht wiedersehen
sage ich
und verhänge
den spiegel

nicht mehr

aufwachen
nachdem
ich bei dir
und außer mir
war
ich nicht
auserwählt

mitternachtsgäste
aus dem hause usher

die bodentruppen zuerst
mit distel und unausrottbarem
kraut durchwächst
das gemäuer windhunde
reißen ziegel kein stein
hält den anderen
selbst der unter dem
sie ruhen seit langem
ist kein garant
nun sind sie hier
und ich bin ihnen
vater und mutter

sie horchen

schritte
sie schicken
boten
aus der dunkelheit
sie läuten
weiße glocken
das gras
leckt seine sohlen
das licht
geht um
erleuchtet
die winterbräute
nur der steinerne
torhüter
ungerührt
überwacht
die neuzugänge

sommerwege

über die grasnarbe
weißnichtwohin
was da mitläuft
gewinnt
schritt für schritt
boden
alte bekannte
hase und igel
und der stachlige
schon da wo ich
nicht hinwill
ach die vögel
die orgelspieler
andere zeit
die schleiereule
mit rotem
schnabel

standort

der kreis wird enger
der graben tiefer
der schlammgrüne gürtel
zur schlinge
nicht erreichbar
leiert die stimme
auf dem band
kann sein dass selbst
die verlässlichen standfesten
heimlich wandern
nachts näher rücken
mit schwarzen stämmen
dass der klopfer kein specht ist

toll wie sie es treiben

um mitternacht
vor erleuchteten fenstern
der alb auf der brust
der alb auf dem baum
mein heimischer
schatten huscht
von links nach rechts
oder war es umgekehrt
der liebste jedenfalls
unversehrt breitet
die flügel aus
und findet meinen
weißen demütigen hals

ausgerechnet du

mir ins schlepptau gebunden
ein verstoßener
aus hehrer ordnung gefallener
bei gott kein glorreicher
engelslauf
ohne schwert flamme
eiserne faust kein recht
keine zuflucht
unter meinem tisch
mantel leben da könnte ja
jeder schutz
engel schutz suchen

die sehnsucht
der toten dinge

der ring will den finger
die uhr den arm
die kette den hals
die dame in rot
aus dem bild
einen liebsten
aus fleisch und blut
der liebste will
das bild

den metaphysikern

ist sie atzung
goethe kannte
die schöne seele
mit namen
zeitgenossen jagten
einen schmetterling
die fischschwänzige
eine unsterbliche
irrweg über zwei beine
wo es langgeht sagt uns
ein schlitzohriger
um wenige auserwählte
ringen die bekannten parteien
mein bettkater hat eine schnurrende
das hündchen auf dem
westöstlichen divan kläfft
den meisten scheint sie
entbehrlich

das erste mal

lilien im zimmer
deine pfeife kalt
ein kopf aus porzellan
eine stirn im kissen
küssen
so schmeckt tod
so küsste er mich
das erste mal
nahm
witterung

der heilige

am felsen
mit ausgebreiteten armen
speist seinen vogel
und hat
eine schöne aussicht
auf das andere ufer

du also

mit deiner schiebermütze
deiner schwarzen hornbrille
im schlotternden
englischen cord
in pferdeschuhen
mit pfeifendem atem
du hier
im gemüseladen
um die ecke
nur ein kleiner schwindel
ein fliegendes herz
ein griff nach der kehle
du also

in dieser nacht

sprach ich mit
fremder zunge
besprach mich
mit anderen
lang verstummten
dunkle rede
und gänzlich abgetrennt
von mir ging sie
eigene wege
öffnete verbotene reiche
selbst der stein rollte
und gab frei
am morgen fand ich sie
stumm
in meiner eigenen höhle

vielleicht bleibt

am ende
nur die scham
buchstaben
kriechtiere
die sich paarten
auf weißem papier

die dreizehnte

schluss punkt

nur noch
dieser
gedankenstrich
die verlängerung
die auslaufende
linie
am horizont
ziehende vögel

im winterquartier

hinterm deich
die abgetakelten
wohnwagen
adventure und
california dream
im schmatzenden
ostholsteinischen
grün salzverkrustete
augen sommerblaue
abziehbilder
im rückspiegel
schleift der wind
torkelnde bierbüchsen
grillkohleschwarze
pappeln warten und
mantelmöwen
mit hochgeschlagenem
kragen

grün lesen

dass man ist
dass man gewesen ist
hier war
oder hätte sein können
ein grund für etwas
eine decke für etwas
eine nach der man
sich streckt decke
die zudeckt eine
verdeckt
ein fell
für alle fälle
grün
durch das
der wind geht
und liest

benedikt

das ist dein haus
ich ruh mich
nur aus
an deinem stein
löst sich
der mörtel

zwischenreich

gieriges gewächs
feiert unsere abwesenheit
das rankende treibt
dornen und falsche triebe
verschließen türen und fenster
als wären wir nie gewesen
mit heckenschere
und ordnender hand
wer ging hier
ein und aus
wer fütterte
den steinernen bauch
die kinder die katzen
die sorgen
wer die kamine
siehst du noch rauch

liebestraum

ach liebster
wie scheinst du mir
so blass so
mitternächtlich
schön
und dass du lachst
und tanzt
und mir
noch einmal
auf die beine hilfst
jetzt bin ich
ganz
die deine

kleines gebet

danke
für das grün
jelängerjelieber
umarmt mich
danke für den
ausgebluteten
rosensaum
mit dem ich
die fenster
schließe
dunkler
soll es
nicht
werden

erinnerung

gut dass sie
vergessen kennt
und trennt
was war und nicht
mehr weiß
was wahr
und moose
wachsen lässt

bernsteinkette

die eingefangene
rollende zeit
das vergangene
blut blatt blühen
leuchtet
tiefe
stille
legt sich
um meinen hals
ein schöner
würgeengel
sagt mir
wie jung
wie vergänglich
ich bin

liebster

ich habe dir
ein wild erlegt
gebraten gesotten
rosig
wie du es magst
es war sehr jung
und schön und
trug eine brille
die trag ich jetzt

die dreizehnte

kreuzt
im fliegenden holländer
durch fremde leben
entert ankert
in trüben gewässern
gründelt und fischt und
saugt an einem weißen hals
das liegt ihr im blut
sie schlägt
das langsam
heraufdämmernde
frühchen
ins schwärzeste tuch

der tänzer

im dreivierteltakt
charmant
wie er dich packt
und walzt und
dreht und wirbelt
und eins zwei drei und
schon vorbei und
links herum
du siehst gespenster
kaum zu fassen
kaum zeit
atem zu holen
schuhe zu wechseln
jetzt hängst du
an seinem hals
mit diesen high heels
statt der angepassten
orthopädischen

das turmzimmer

ich seh
die königliche margarethe
aus ihrem rahmen nicken
und mich und dich
und die schwester
und tanja blixens
blasse
stumm bezeugen
den bund in
hamlets land
als wir der alten
geschichte
entstiegen
stufe für stufe
in die eigene
alte stiegen
von der die
königliche
die schwestern
die blassen und
verblassten
erzählen

für reiner

käuzchenlicht

über die nachtwiesen
geht der schlaf
zählt seine lämmer
keines geht verloren
selbst vergessene
kehren zurück
weiden ihre gräber
im zwielicht der träume
bis es tagt

es ist spät

es geht voran
auf papierenem grund
raschelt laub
die igelwörter
schlafen
oder sind tot
die auslaufende
schwärze sucht
ein gebet
es ist spät
es weht ein wind
sonst nichts

diesseits

und jenseits
des grabens
grüne gräber
alle bewohnt

weiße rosen

im november
wie schnell die
pappel wuchs
jahr für jahr
haar wirft
ich kämme
das weiße haar
meiner mutter
aus buchs und
ilex stachliges
nachtgewand
ich lege es ihr
in den nacken
zu den weißen
rosen

am hundertmanngraben

die veteranen
mit gebeugten rücken
und grünen mützen
in reih und glied
wie eh und jeh
die unversehrten
eichenblattgeschmückten
die krüppel
selbst die
blitzzerschlagenen
gefallenen
verteidigen
über ihren tod
hinaus
die anhöhe
hinauf
kriecht das fußvolk
kratzbürstig und zäh

die schwestern

sehe ich wieder
leichtfüßig in ihren
kastanienbraunen
aus igelit
im büchsenlicht
fliegen
sommerfähnchen
zöpfe schleifen
libellen und
schwarze seher
im gehrock
werfen mir kindheit
wie eicheln
in den schoß

für hella

verborgen

unter
mannshohen
hecken hockt
verklärt
wer hätte das
gedacht
kindheit
korallen und
schwarze und
pelzige perlen
mit schläfrigen
teichaugen
spricht sie mich an
versprach so viel
versprach sich wohl
gesponnen wird
noch immer
fliegen weiße fäden
den einen
nehm ich auf
für später

damals

waren es flatternde
schlagende
angeleinte drachen
schräge vögel
im wind im winter
weißgestärktes
leinen
immer seltener
hängen
die gehängten
gereinigten
laken im hof
zeugen von
etwas heimlichem
etwas schmutzigem
ein geschäft
das frauen betrieben
und unsichtbar
blieben
verschwiegen
vor allem
das ungeliebte
lieben
weiß gewaschen
hing es im wind

tête à tête

wer da
ach du
fensternd
dazu
bist du
zu alt
nein du
nur haut
und knochen
und das
von dir
das ist nicht galant
das war ich nie
lass mich in ruh
die schenk ich dir
das macht mir angst
die nehm ich dir
du nahmst doch schon
wenn ich nicht irre
das tust du nicht
das ist mein hut
meine feder
die fuchsrote
schmückt mich
das dulde ich nicht

da hab ich noch
ein wörtchen
ach ja wörter
dass ich nicht lache
verschwinde
verschon mich
alles
meine liebe
alles
nur das nicht

einzug

zwei koffer tand
und auch den
kleidersack
lass ich zurück
nur noch
das nachtgewand
und abendrot
und brot
und salz
das neue haus
ist klein

was da auftaucht

die fratres

abgespeckt
wenn das läuterung ist

nur noch schatten
selbst der koch
gebeugt
über letzten fragen
wo sind die karpfen

der teichmönch murmelt
ja wo

das heilige blut
das heiltätige wasser
die knöchelchen wo
das ewige suchen

der teichmönch murmelt
das orakel schweigt
ewig das suchen

nur der kleine
mit dem federkiel
jetzt wieder flügel
flötet befreit
keine spur
keine spur
kein gedächtnis

der bruder sagt

von zeit zu zeit
passiere er geheime gänge
und unser treffen sei
keine sünde wenngleich
er alt und ich
gemessen an seiner zeit
jung er unerlöst
mich zu erlösen
noch hoffnung bestünde
er könne einspringen
mit mitternachtshoren
kreuzgänge abschreiten
bei vollmond hand in hand
keine rückschlüsse keine rückzüge
er habe noch nie um meinesgleichen
betteln müssen so einer sei er nicht
sein gewicht von dem jetzt nicht
mehr die rede sein kann habe nie
dem anderen geschlecht bei
gelegen sei ihm einzig an buße
und das sei
nicht persönlich gemeint

stimme

mein traum
war das nicht
in deinem
zu enden
oder nicht
zu viel theater
zu viel lärm
dein herz
rast
in jeder kammer
flimmern
irrlichter und
der greif

wer räuchert ihn aus
wer geht in die wand
wer traut sich
an diesen
unwirtlichen ort

seit tagen

dieses
feine weiße
rieseln
knochenmehl
was treiben sie
im siebten stock
haben engel
knochen
bricht man sie
uns ist so kalt
seit tagen

der fuchs braut

nebel
bis unter die
kehlen
der schwarzbunten
die kuhköpfigen
weiden
das schlachtvieh
trägt schleier
wie bräute

promenadenbank

sie ist die letzte
in der reihe
der lackweißen
und blättert ab
besetzt den
außenposten
das ende des
zivilisierten wegs
angrenzend schon
wildes camperland
sie schaut
wie alle aufs meer
sie wartet wie alle
promenadenbänke
auf flaneure
in weißen
leinenschuhen
und gestreiften
sommeranzügen
sie ist begehrt
unbeleuchtet
und immer noch
stabil

wedendorfer gedichte

1 schwarze musen

von diabolos
gnaden herrscher
von schmerz und
schwarz beladen
mit gesang
hab ich euch
eingelassen
seid ihr geladen
zu welcher feier
hier findet
nichts statt
ich mach ein
päuschen
ein restchen
leben
ich wünsche
weder herzklopfen
noch beben

2 sofabild

mit wedendorfer
schlossschwänen

zarte empirie

die verwunschenen
königskinder vereint

mit verschlungenen
hälsen und schnee

weißem gefieder
unzertrennlich

das wundersame
doppel

3 das andere ufer

in gelbe
taubnessel
getaucht
weiden mit
nassen füßen
immer wieder
wird etwas flügge
im schilf
fliegt davon
kehrt heim
und sieht
gelbe staubnessel
das andere ufer
weiden mit
nassen füßen
den wartenden
engel im schilf

4 die stunde
der unsichtbaren

hunde
heulen
wie wölfe
noch kein mond
abendsegler
fliegen
noch nicht nacht
bubblegumblasen
steigen
noch immer
unruhe
im kinderzimmer
teich
summen stechen
saugen
wir speisen
vampire

5 das seerosenfest

das herrscherpaar
zeigt wieder präsenz
langhalsig
in elegantem weiß
flügelschlagend
defiliert
das wasservolk
das geschwader
in eindrucksvoller
formation
ein abwässerchen
schäumt und speist
den gemischten chor
im sumpf
schöne alt stimmen
und andere
begrüßen
die heimkehrende

6 rosshaar gebürstet

dieser ohrensessel
hat es in sich
stimmen schweiß
schlaf den kleinen
seit generationen
arbeitet er
undercover
wechselt fell
farbe in seinen
plüschigen armen
hängt seele
mit kopfhörern
läuft unerhörtes
vom band
eine fülle von dingen
und bezügen
da kennt er sich aus
rosé war die
zweite blüte
dann winterlich
karpfenblau
mit großen ohren
ist er noch immer dabei

7 anna brennt
(carlow anno 1667)

eine im märz
zwei im juley
bereits

im jänner
das böse omen
kopflose hühner

die kuh steht
trocken im mai
wechselbälger

geknickte blüten
erfrorene lieb
so arg

wie sie es treiben
die eisheiligen
die schafskälte

kein wunder
schwarze kunst
überall zeichen

katzen käuze kröten
schlüpfen
aus der nachbarin mund

es tanzen
die buhlen viel volk
auf pelzigen socken

es schlägt
das glöckchen
es schlägt

die siebenschwänzige
viel nackte haut
gezeichnet

das muttermal
das leuchtend rote
und das flammend

rote haar
meiner ahnfrau
die blutspur

zu mir

die nacht

das einäugige tier
folgt dem
blutgeruch
schnappt sich
den tag
trägt ihn
im maul
immer heller
das auge
immer tiefer
nacht
sie spricht
mit wind und
käuzchenstimme
sie jagt
fliegenden wolken nach
sie öffnet und schließt
das auge
der alb
bespringt die seinen
blind

handarbeit

blind gestrickt
die mausgrauen
schicksalshemden
für jedermann
von den parzen
aus den billigländern
das bisschen mehr
oder weniger
an schicksal
ist schon
design
und teuer bezahlt

am geirangerfjord

sieben schwestern
ein freier
ein brautschleier
was soll das werden

eine liebe
aus schwindel
erregender höhe
in schluchzende
tiefe stürzen
die schwestern
in den eiskalten
den schönsten
aller wasserarme

was sind das
für wilde wasser
spiele wer spielt
mit wem wer wird
erhört wer trägt
den schleier

er teilte den felsen
mit großer kraft
er sammelt sehnsucht
nach liebe für sein echo
er wäscht den schönen

das haar er trägt die
sieben wie schaum
auf den lippen
er nimmt
ihre herzen mit
ins offene meer

so singt

die jüngste
so singt
die unerhörte
liebe
ein felsen
hoffnung
dem himmel
so nah und
dem tiefsten
grund
sie singt
für den liebsten
kämmt sie
das haar
binde mich
binde dich
mich bindet nichts

sie sinkt
und singt
ich habe
sechs schwestern
die haben
ein herz
aus eis
und wer
es schmelzt
den reißt es
in die tiefe
und ihre
brautschleier
fliegen

1 nixen

in schöne steiger
geschlüpft
animalprint
schlange
kroko
salamander
türkis
blut
von stufe zu stufe
jeder schritt ein wunder
kaum zu glauben
dass das geht
klaglos
in spanischen stiefeln

2 ich singe

im klosterteich
im reich
der unerlösten
froschkönige
ich tauche auf
mit kleinen ringen
dieser luftigen idee
von handschellen
du siehst
ich spiele mit dir
und der zeit
und tauche ab
und nehme mit
goldene kugeln

3 landgang

meine schwestern
wie sie schaukeln
in fremden häuten
und wedeln
mit fremden federn
noch immer unentschieden
öffnen und schließen sie
ihre fischmäuler
als könnten sie sprechen

4 von den lippen lesen

als sprächen wir
mit einer zunge
als könnte sie
uns lesen
mit der zunge

special guests

okkupieren
meinen schlaf
als hätten sie
gewicht
treiben es bunt
als sei ich dabei
wenn sie meinen
selbstgebrauten
entkorken

blind date

es muss ja nicht
gleich sein
nicht hier sein
zwischen tür und
engel abflug
und ankunft
in zugigen höfen
es könnte
im sommer sein
wenn man
den schatten liebt
es wird keine
liebe sein
jedenfalls keine
fürs leben

federleicht
Neue Gedichte

weiße seiten

kostbar
und kalt
nur noch wenige
wir werden decken
brauchen
und glauben

wintergarten

blinde sonne
im gefegten gestänge
rauch
wer oder was
wird geopfert
was schleicht sich ein
was geht vorbei
was radelt mit
blattgold
in den speichen
war das
die zeit

schlemihls schatten

ich sah
wie er ihn abtrennte
von meinen füßen
einsammelte
aufrollte
in seinem schwarzen
diplomatenkoffer
verstaute
und abhob
in die lüfte

ich sah
seinen schatten
zu meinen füßen
fliegen

polaroid

das lächeln
flügellos
unter dem strengen
blau deiner augen
farbe die sich
langsam auflöst
in licht
bevor du
verschwindest
liebster
möchte ich
noch einmal
sehen

das blau
heftig und wild
wie die flüsse
zusammenfließen
wasserfälle
und die flügel
unserer engel

von liebe viel

noch im sprung
federten wir ihn ab
den sturz
das straucheln
das ringen
hand greift hand
für den weg
durchs dickicht
fingen wir an
im dunkeln
zu singen

bodyguards

alle tätowiert
mit wirrem kopfputz
und bereit
ins grün zu schießen
blatt für blatt
wenn ich schatten brauche
schirmen sie mich ab
und wenn ich
vergessen bin
rücken sie näher
mein laub liegt
zu ihren füßen

staub

keinen staub
aufwirbeln
oder glassprayssprühen
auf spiegelbilder
wo kämen wir hin
wenn wir klar
sehen könnten

in deinem garten

die kirche
die vielgemalte
mit grünem kragen
deine inselschöne

blickwechsel

vom kirchacker
in deinen garten
der blüht
das ist ein schmerz
in allen farben

für meine schwester

an eine alte freundin

ich habe dich
immer geliebt
und beneidet
und aufgesagt
du kennst mich nicht
du hast mir mit immer
den gleichen wörtern
was anderes gesagt
ich habe
dich aufgesucht
wie ein gebet
ich brauchte dich
nicht zu lesen
nur manchmal
wenn ich hochmütig war
sprach ich
mit deiner zunge

schuhe

gepunktet
getigert
gefleckt
selbst die violette
bergziege
aus bad tölz
auf dem sprung
und die nachtblauen
alles meerjungfrauen
schuhwerk
alles nicht schmerzfrei
nur die schlangenhautstiefel
fürchte ich
häuten sich wieder
die römische sandalette
im dienst müder füße
und ewiger städte
und immer öfter
in zu dunklen schuhen
in zu dunkler erde

siebzig

wir brauchen
mehr licht
und titanweiß
für den faltenwurf
eisblau
für die augen
kaum zu glauben
dass hier etwas
überwintert hat
gegen alle vernunft
blauäugig neugierig
hungrig
ein kind

lila

kirchner reloaded

das war seine farbe
das war seine insel
in lila stockings
im geköpften rotkohl
auf seiner leinwand
weiden schafe
er hätte sie
unsterblich machen können

ist sie echt

die schwarze
auf dem balkon
ist sie die vorhut
nacht
aus einer
werden wir
nicht aufwachen
hunderte
verdunkeln
den himmel
es werden
mehr kommen
und wir hätten
die erste
erkennen müssen
die auf dem
geländer
hockt und lockt
die anderen
lautlos
fallen sie ein

federleicht

öffnen und
schließen sich
die flügeltüren

federleicht
schweben sie ein
meine lieben

sind sie ansprechbar
sind sie was sie waren

ich habe eingeschenkt
ich habe aufgetischt

sie sind so weit gereist
noch abwesend

ich würde sie
gern befragen

christrose

im schnee
jetzt blüht
dein herz

so leicht
so weiß
so winterhart

im schnee
wie christrose
blüht es

aus dunkler erde
in die wir
es legten

vor dem schnee

happy birthday
dorothea

du bist schön
meine freundin
schön bist du

aufreizend wild
und sinister
mit gemeißelter brust
schon geöffnet
das dornenkleid
die augen
geschaffen für leid
du wirst sie öffnen
und schließen
die türen
die träume
es liegt ein dämon
zu deinen füßen

dorothea tanning
zum hundertsten geburtstag

könnte ich

den zorn halten
ihn einspannen
wie einen ochsen
ich würde
das brachliegende
tiefstumme
weiße
papier
aufreißen
wind säen
schwarze lettern
zerbrechen
aus den bindungen
reißen
könnte ich den zorn halten
ich würde
wehrwölfig umgehen
in unheiligen nächten

hört ihr das heulen röcheln reißen
riecht ihr das warm verschüttete
seht ich bin auf die pfoten gesprungen

könnte ich den zorn halten
ich vollbrächte
ein äußerstes
ich finge die silberne kugel
aufrecht

Nächtliches Gespräch
Über Doris Runges Gedichte

Still mit geöffneten Augen

Schriftsteller, hat Thomas Mann bemerkt, seien Leute, denen das Schreiben schwerfällt. Man könnte hinzufügen: Lyriker sind Schriftsteller, die mehr weglassen als schreiben. Wie keine andere Gattung lebt das Gedicht von der Aura des leeren Blattes, von dem es umgeben ist. Doris Runge hat die Kunst des Weglassens bis zur Virtuosität entwickelt. Mühelos ließe sich der Gesamttext ihrer Gedichtbände auf einigen engbedruckten Seiten zusammenfassen.

Was immer Doris Runge bisher veröffentlicht hat, stets sind es strenge und asketische Kunstübungen, als deren nur scheinbar paradoxes Ergebnis Texte von großer Sinnlichkeit und spielerischem Leichtsinn entstehen. Die fortwährende Arbeit des Schreibens, Umschreibens, Streichens hat hier eine Dichte und Eindringlichkeit erreicht, die nur dem flüchtigen Blick selbstverständlich erscheint. Wer gehört hat, wie Doris Runge als erste Liliencron-Dozentin an der Kieler Universität über die Arbeit an ihren Texten geredet hat, der kann ermessen, welche Anstrengungen die Lakonie verlangt:

ich [...] steige falle wie eine
liebende fällt
aus großer höhe
liege auf weißem laken
still mit geöffneten augen

Es ist die Einfachheit, die ein Bild wie dieses so beunruhigend rätselhaft macht, dass man es lange nicht aus dem Kopf bekommt.

Alle Anstrengung dieses Schreibens zielt auf das ganz scharf eingestellte sprachliche Bild. Was die Gedichte zusammenhält, sind zuerst die präzise Bildlichkeit und der spezifische Tonfall, in dem sie erzeugt und vermittelt wird – die Verbindung von gebrochenem Pathos und Sarkasmus, von verhaltener Melancholie und kühler Prägnanz. Die Stimme dieser Sirenengesänge ist zugleich lockend und unheimlich. Es ist die wortlose Stimme jener Wasserfrauen, die jederzeit unvermutet auftauchen können: eine Stimme, die sich ihrer selbst und ihrer Position in einer immer schon zweideutigen Welt erst vergewissern muss und die sich niemals von selbst versteht. Sie behauptet ein Ich, das sie im Augenblick dieser Äußerung bereits verloren hat.

Diese Ambivalenz von Aufgehobensein und Selbstverlust durchzieht und entstellt vor allem die erotischen Gedichte, also den umfangreichsten thematischen Komplex dieses Werks. Die Liebenden sind nicht sehr verlässlich zu Hause in ihrer Liebe – »noch liegen wir / untot in den höhlen / unserer laken«, liest man in einem Gedicht, das mit der Terzinenform spielt. So leicht, wie diese Verse aussehen, so leicht liegen diese Untoten, alles ganz leicht, »auf leichten brettern / schwedische kiefer / aus der zeit // als ikea noch jung war«. Und mitten ins Lächeln hinein fliegt dann »ein später ariel / bricht sich / im fensterkreuz // verblutet«. Und wo die Augen der Liebenden einen Blick ins Paradies werfen möchten, da sehen sie »das schwert / eines engels«, und »mein kopf / in vorauseilendem / gehorsam / rollt ihm zu«.

Dass Doris Runge eines Tages zu den wichtigsten Lyrikerinnen der deutschen Gegenwartsliteratur zählen würde, hätte ihr keine Grimm'sche Märchenfee an der Wiege gesungen – auch nicht *die dreizehnte*, die der Titel ihres 2007 erschienenen Buches märchendunkel beschwört. Geboren 1943 im mecklenburgischen Carlow, musste sie in ihrem zehnten Lebensjahr mit ihrer in der DDR enteigneten Familie nach Schleswig-Holstein übersiedeln. Das dichterische Werk entstand im Schatten von Bildbänden, als eine Art lyrischer Begleittext, lange blieb es nur Eingeweihten bekannt. Erst als Zweiundvierzigjährige veröffentlichte sie, deren erste

Arbeiten in Privatdrucken seit 1977 fast unter Ausschluss der Öffentlichkeit erschienen waren, ihren ersten Band in der Deutschen Verlags-Anstalt: *jagdlied*. Das war 1985, und mit diesem Band begann eine so späte wie bemerkenswerte literarische Laufbahn. Noch im selben Jahr erhielt sie, als sei da etwas nachzuholen und gutzumachen, den Friedrich-Hebbel-Preis.

Die Gedichtbände, die nun im Abstand von wenigen Jahren erschienen, wurden von der Kritik mit fast einhelliger, oft begeisterter Zustimmung aufgenommen. 1997, nach dem Band *grund genug*, erhielt Doris Runge den Hölderlin-Preis der Stadt Homburg, ein Jahr später den Kunstpreis des Landes Schleswig-Holstein. Als 1997 an der Universität Kiel mit der Liliencron-Dozentur die einzige ausschließlich der Lyrik gewidmete Poetikdozentur des deutschen Sprachraums eingerichtet wurde, da war sie die erste Dichterin, an die diese Einladung erging. Zwei Jahre später folgte die Poetikdozentur in Bamberg; 2012 wurde sie in die Mainzer Akademie der Wissenschaften und der Literatur aufgenommen.

Das dichterische Werk, das in diesen Jahrzehnten entstand, entwickelte sich mit einer unbeirrten Konsequenz. In der Abgeschiedenheit des alten Benediktinerklosters Cismar nördlich von Lübeck, dessen einstiges Amtsschreiberhaus sie bewohnt, erfand Doris Runge eine Poesie, die keineswegs ohne Vorbild, aber in ihrer spezifischen Handschrift doch ohne Beispiel ist. Die häufige Bezugnahme auf erotische, mythologische, traumverlorene Sujets der lyrischen Tradition einerseits, andererseits die Orientierung ihrer zurückgenommenen Ausdrucksformen an der Poetik einer sprachskeptischen Moderne hat ihr dabei zeitweise auch einen Ruhm eingetragen, der auf einem Missverständnis beruht. Lange, allzu lange stand Doris Runge – ähnlich wie ihre schleswig-holsteinische Nachbarin Sarah Kirsch – bei Freunden wie Kritikern im Ruf, im modernistischen Gewand naturlyrische Idyllen und bittersüße Liebesgeschichten lediglich neu zu inszenieren.

Erst mit dem Erscheinen des Bandes *grund genug* begann dieses Image sich gründlich und nachhaltig zu ändern. Eine fortschreitende Verdunkelung und Verknappung nahm die Literaturkritik nun an ihren Gedichten wahr – als sei das nicht schon von den ersten Bänden an zu beobachten gewesen –, eine Obsession von Bildern des Todes und des Verrats, der Schuld und des Opfers unter einem immer dünneren Firnis des erotischen Spiels und der Bilder einer idyllisch verzauberten Natur. Halluzinatorische Evokationen von Gewalt, blutenden Leibern, lautlosem Selbstmord, alptraumhafter Stille in der Erwartung eines namenlosen Entsetzens durchdrangen diese Oberfläche so beharrlich, dass das landläufig noch immer verbreitete Klischee von der Idyllendichterin sich aufzulösen begann. Hier sind die »federn/blutschön«, und Küsse und Bisse reimen sich wie für Kleists *Penthesilea.* Dass im Titel des Bandes *du also* 2003 (wie auch in »tête à tête« in *die dreizehnte)* womöglich der Tod selbst angeredet wird, im fast saloppen Umgangston und wie ein unerwarteter Liebhaber, bemerkte ein Rezensent mit Schaudern.

Beziehungsnetze

Von Beginn an beziehen diese Gedichte ihre Suggestionskraft aus den kalkulierten Unschärfezonen zwischen romantischen Träumen und Albträumen einerseits und Alltagsgegenwart andererseits. Das Bodenlose, in das diese Verse ihre Leser fallen lassen, ist das »morgengrauen« in des Wortes mehrfacher Bedeutung. Wo immer in Doris Runges Gedichten die Welt der Märchen aufleuchtet, da findet sich (wie in *was da auftaucht)* Blut im Schuh.

»Über die Heide hallet mein Schritt«, beginnt ein Gedicht Theodor Storms, und der zweite Vers antwortet: »dumpf aus der Erde wandert es mit«. Wie sich hier in der genau beobachteten Naturerscheinung, dem Geräusch der Schritte auf dem Heideboden, wie von selbst die Ahnung eines ungewissen Es manifestiert, so drängen sich in Doris Runges bilderseligen und wortkargen Versen aus allen Richtungen die Schatten heran. In der Tat: »special guests //okkupieren /meinen schlaf«. Aber wer weiß schon, ob er wirklich noch schläft?

Wer Doris Runges Gedichte zu lesen beginnt, betritt eine Gegend, die an Bekanntes und Vertrautes nur von fern erinnert: entstellte Traumlandschaften, erfüllt von Zauber und Zwielicht. Wer sind diese Mönche auf der Suche nach dem heiligen Blut, und was für »knöchelchen« suchen diese Köche? Im Kräutergärtlein, in dem einer der Fratres »die gottlose natur /beschnitt« und, weil zauberkundig, das Himmelreich verspielt hat: da »höre ich ihn jetzt /dicht unter dem rasen«. Wer sich auf Doris Runges Spaziergänge mitnehmen lässt, den warnt schon der Titel eines Gedichtbands: Man kann wirklich nie wissen, *was da auftaucht.*

Hier macht eine Schwalbe auf makabre Weise den Sommer: »schwalben nach süden /eine mit gebrochenem /genick /die katze trägt /den sommer zurück«. Und wer nachts ins Freie geht, der verliert leicht den Boden unter den Füßen. Denn »die nacht //das einäugige tier /folgt dem /blutgeruch«, und ist der Hof, durch den man läuft, nicht unversehens schon der »hof des mondes«?

Wer aber einbricht und abstürzt in die eben noch unsichtbare Unterwelt, der landet nicht nur in den Armen grausiger Märchengestalten, sondern auch – in früheren Gedichten. Immer noch, oder schon wieder, wird in *was da auftaucht* das Wetter von Frau Holle gemacht – derselben Frau Holle, die bereits in *grund genug* die Kissen aufschüttelte »für eine wiege // die wartet / wie ein sarg«. Immer noch wachsen nebeneinander »sternentau und / taube nessel«, ist Andersens Meerfrau gefangen »im reich / der unerlösten / froschkönige«. Es sind dieselben Froschkönige, deren »kalte schmatzende münder« schon in *kommt zeit* um das »vergessene geschlecht« eines versunkenen Leibes warben, aus dessen Tiefe (im Gedicht »ertrunkener sommer«) die Stimme eines namenlosen Ich erklang:

ich melde kopfunter
seerosen durchwachsen
meinen leib schwarzes
schlingarmiges gewächs

Die im Brunnen ertrunkene Prinzessin dort – als Andersens fischschwänzige Wasserfrau erkennt der Leser sie im motivverwandten Gedicht hier wieder.

Und der »kirchacker« eines frühen Gedichts – in einem der jüngsten Gedichte erblüht er wie ein Paradiesgarten, höhnisch oder tröstlich, und am Ende schon verwandelt in ein Gemälde: »schmerz/in allen farben«. Je weiter Doris Runges lyrische Welt sich entfaltet von Band zu Band, desto deutlicher werden Beziehungsnetze zwischen den Gedichten sichtbar: ein Leitmotivgespinst, so zart und durchsichtig wie Spinnweben.

Schwarze Kunst

In seinem längst schon klassischen Buch über *Die Struktur der modernen Lyrik* hat Hugo Friedrich 1956 die Moderne eine »entromantisierte Romantik« genannt. Was immer über diese Bestimmung zu sagen wäre – auf die Poesie Doris Runges trifft sie zu, als sei sie auf sie gemünzt. Diese Schriftstellerin, deren Werk trotz gelegentlicher essayistischer Ausflüge ganz auf die Lyrik konzentriert ist, bezieht sich immer wieder auf Sujets und Schreibweisen der Romantik. Und immer wieder lässt sie deren Sehnsüchte ins Leere gehen, lässt sie den schönen Schein in harten Fügungen zerbrechen und gibt ihren freien Versen eine unauflösliche und beunruhigende Ambivalenz.

Was an dieser Poesie romantisch ist, verlockend und gefährlich, das entspringt den Märchen der Grimms und den Reflexionen und Visionen des Novalis. Immer bewegt sich, wer durch die Welt dieser Gedichte spaziert, auf irritierend zweideutigen Schauplätzen, auf denen sich Fremdes und Vertrautes durchdringen, Zeiten und Identitäten verschwimmen. Auf Asphaltwegen geht es durch verwunschenes Gelände; Klosterfriedhof und Arbeitszimmer, Mondnacht und Frisiersalon gleiten ineinander über, und dazu ertönt Musik von Schellackplatten. Manchmal begegnen wir märchenhaften und mythischen Gestalten, die uns auf den ersten Blick allzu bekannt vorkommen – Orpheus zum Beispiel, der sich sehnsüchtig zu früh umdreht und dann, mit dem Verlust Eurydikes, wieder nur der Sänger ist. Aber wie fremd sieht er hier aus, wie sonderbar wirkt die kleine grammatische Verschiebung in der zweiten, die Schlussfolgerung ziehenden Strophe:

> immer
> ein spiel
> man verliert
> damit es
> singt

Nicht er, sondern es soll singen. Es ist das zum Lied gewordene Spiel, es ist das Lied selbst, das da zum Leben erweckt werden will durch den Schmerz: als habe es nur auf seine Stunde gewartet, als bediene es sich nur des traurigen Sängers.

Bedrohlich treten aus dem scheinbar Banalen die mythischen Bilder hervor; dann legt sich Nebel über die holsteinischen Kuhweiden, und »das schlachtvieh / trägt schleier / wie bräute«. Und wenn es vorm Fenster leise herabrieselt wie »knochenmehl« – »was treiben sie / im siebten stock / haben engel / knochen«? Die Farben dieser Gedichtwelt sind weiß wie Schnee, schwarz wie Ebenholz und rot wie Blut; und wenn in ihnen die Blumen blühen, dann sind es »schneewittchenrosen«. Indem so die realen und trivialen Gegenwartsansichten durchdrungen werden von aufblitzenden Bildern des Vergangenen oder einer Sphäre mythischer Zeitenthobenheit, lösen sich die festen Raumordnungen auf, verschwimmen die Zeiten, werden die logischen Zusammenhänge zweideutig.

In der »klosterkirche in c«, die so oft, ausdrücklich oder implizit, als Schauplatz erscheint und die dem Kloster Cismar zum Verwechseln ähnelt, zwischen Waldrand und Meer, mit den roten Backsteinmauern und dem kupfernen Glockentürmchen, zwischen dem Haus des dänischen Amtsschreibers und dem Wassergraben – in diesem alten Kloster gehen christliche Liebe und heidnische Grausamkeiten gespenstisch ineinander über, immer wieder. Über dem Bild des Gekreuzigten im Gewölbe erscheinen da, als habe das Gewölbe sich geöffnet oder sei schon eingestürzt, die Vögel, die kein Himmel mehr trägt; in einem anderen Gedicht sehen wir die Mönche, als seien sie bereits in Bäume verwandelt, »die verwurzelten / in grünen kutten / mit ausgebreiteten armen«, und sie »versorgen / die vögel des himmels«. Und wenn die Sprecherin zur Nachtzeit »die mönche von c« beobachtet, dann gleicht sie selbst dem Opfer in einem dunkel heidnischen Kult:

> (...) eingenäht in meine
> tierhaut heule ich den mond an
> sah sie aufsteigen nebelkutten
> über den klosterseewiesen

Was da auftaucht, was da umgeht, das können die frommen Fratres sein und die Nixen aus dem dunklen Wasser, und wer Täter und wer Opfer ist, das bleibt ebenso in der Schwebe wie die Entscheidung zwischen Wirklichkeit und Halluzination. Die Welten, durch die diese Traumpfade führen, sind ausgespannt zwischen Himmel und Hölle; und wer hat gesagt, dass dieses Mittelalter schon vorbei ist?

Ungewiss bleibt hier wie so oft auch die Identität derer, die in diesen Gedichten sprechen. Sie sind weiblich, diese Gestalten, so viel scheint fast immer klar. Aber ihre Stimmen dringen manchmal aus dem Wasser herauf oder kommen aus der Erde; sie steigen aus einer Vergangenheit empor, die zerstörerisch wiederkehrt, oder kommen herab aus der Vision einer himmlischen Schönheit, Prophetinnen (so im Gedicht »ich sah«) und Todesbotinnen, madonnenhaft und verführerisch.

Als Sarah Kirsch 1973 den Gedichtband *Zaubersprüche* veröffentlichte, da erläuterte sie diesen Titel auf dem Umschlag mit den Worten: »Ich hoffe, dass Hexen, gäbe es sie, diese Gedichte als Fachliteratur nutzen könnten.« Das könnte auch Doris Runge gesagt haben. Als »hexenspruch« überschreibt sie eines ihrer Gedichte, in dem Band *kommt zeit*. Nicht nur in der Rolle, sondern auch buchstäblich mit den Fluchworten des Grimm'schen Rumpelstilzchen droht sie dem untreuen Liebhaber und der Nebenbuhlerin. Und der von ihr so selten eingesetzte Reim entfaltet nun eine archaisch-magische Binde- und Lösekraft, die noch stärker ist als der Schierlingsbecher, von dem sie spricht – und so ohnmächtig wie das reimlose Eingeständnis des Verlustes, in das er mündet:

korallenhaar und pfaffenhut
mohnraute und schlangenbrut
dohlenschwarzesteufelskraut
schierling für die neue braut
morgen back ich
morgen brau ich
hol zurück
was mir nicht gehört

Auch diese Gedichte sind Fachliteratur für Hexen, und sie sind »romantisch« nur im spukhaftesten Sinne des Wortes: als Bannflüche, Segensformeln, Zaubersprüche. Das lyrische Werk Doris Runges ist ein Hexenkessel. Und es gehört schon zu ihrer schwarzen Kunst, dass er auf den ersten Blick so unschuldig aussieht wie Meissener Porzellan.

Im Zwielicht

Wissenschaft und Literaturkritik haben das Genre des Phantastischen fast immer auf erzählende Texte eingeschränkt, auf Geschichten in Prosa- und Balladenform und dann auch im Film, von Bürgers *Lenore* und Poes *Raben* bis zu Maupassants *Horla,* Bram Stokers *Dracula* und Murnaus *Nosferatu*. Die Verse Doris Runges zeigen, wie sich auch im Kernbestand des Lyrischen die Zwielichtwelten der Phantastik entfalten können, im strikten Sinne dieses *terminus technicus*: ein »zwischenreich« (so eine Gedichtüberschrift in *die dreizehnte)* im »zwielicht der träume« (so in »käuzchenlicht«), in dem zwischen ›realistischen‹ und ›übernatürlichen‹ Deutungsmöglichkeiten nicht mehr zu entscheiden ist. Dann sieht das Kloster von C dem untergehenden Hause Usher ähnlicher, als den Leserinnen und Lesern lieb sein kann; dann geht der Riss, der zu Beginn von Poes Erzählung fast unsichtbar die Schlossfassade durchzieht, auch durch die warmen Backsteinmauern. Und wie dort, so kann auch hier entlang dieser Linie das ganze festgefügte Gebäude am Ende auseinanderbrechen, und das fahle Mondlicht schimmert hindurch. *Ansichten von der Nachtseite der Naturwissenschaft* lautete der Titel des berühmten Werkes, in dem der Gelehrte Gotthilf Heinrich Schubert 1808 seinen romantisch verzauberten Studenten und Lesern von Wiedergängern und Werwölfen erzählte und von den Abgründen des Albtraums.

Nicht zufällig gehören gerade Schuberts romantische Vorlesungen auch in die Frühgeschichte der modernen Psychologie. Sie markieren den Aufbruch in jene Entdeckung des Unheimlichen und Spukhaften in der Tiefe des menschlichen Unbewussten, dessen systematische Erkundung Sigmund Freud auf diesen romantischen Spuren unternahm. So ausdauernd Doris Runges lyrische Phantastik es mit romantischen Märchenwesen und Naturgeistern aufnimmt – ihre Geister- und Gespensterwelt ist bereits psychologisch gedeutet. Wenn sie in ihren lyrischen Wunsch- und Alpträumen Medea-Gestalten und vampirische Monstren erblickt, Zwitterwesen wie die Meerfrauen mit dem Fischunterleib und die Gespenster ungeborener Kinder, dann denkt die Träumende deren psychologische Bedeutung unvermeidlich immer schon mit; jederzeit ist dem Leser bewusst, dass diese Texte jenseits ihrer Mythenwelten sehr genau Bescheid wissen über die seelischen Alltagskonflikte, die sie träumerisch bearbeiten.

Und doch bleibt nach jeder freudianischen Lektüre ein Überschuss, der nicht zu deuten ist. Dem Lichtkegel der psychoanalytischen Suchscheinwerfer entziehen sich diese aufgeklärten Verse am Ende doch wieder in ein Märchen- und Mythendunkel, das niemals ganz erhellt werden kann. Erst dies macht ihre eigentliche Unheimlichkeit aus, ihre Untröstlichkeit, ihre Unbehaustheit auf der Nachtseite einer nie ausgedeuteten Welt.

Und die literarischen Ahnen, die in ihren Gedichten am häufigsten mitreden, haben es ja ebenso gehalten. Das gilt nicht allein für ihre modernen, modernistischen Lehrmeister, sondern schon für die romantischen Einflüsterer: für die Arnims, für Brentano und Tieck ebenso wie für Jacob und Wilhelm Grimm, deren *Kinder- und Hausmärchen* so oft von abgrundtiefer Kinderangst handeln und vom Verlust des bergenden Hauses; es gilt auch für den verspäteten Romantiker Theodor Storm. Mit ihm, dem schleswig-holsteinischen Landsmann, wie mit dem weltliterarischen Lübecker Nachbarn Thomas Mann, der Poes Geschichte vom Untergang des Hauses Usher in seiner modernen Geschichte vom Fall des Hauses Buddenbrook neu erzählt (und das Poe'sche Modell am Ende sogar ausdrücklich benennt), verbindet Doris Runge eine lebenslange Liebe.

Der Kunst des »Zauberers«, das Psychologische erzählend mit dem Mythischen zu verbinden, ist sie in ihrem einzigen Essayband nachgegangen, der Sammlung *Welch ein Weib!* von 1998. Indem sie dort die Frauengestalten des Dichters ins Zentrum rückte, der psychologisch und mythologisch die Ambivalenz und Übergänglichkeit der Geschlechterrollen geschildert hat, indem sie also den Wegen der Tony Buddenbrook, der ägyptischen Mut-em-Enet und der *Betrogenen* nachging, legte sie in diesen Essays auch die Spuren des zweiten Dichters frei, der sie bis in die Verästelungen ihrer eigenen Gedichte hinein verfolgt hat und in dessen Verehrung sie sich mit Thomas Mann einig weiß. Hans Christian Andersens abgründige Märchen von *Schlammkönigs Tochter,* von *Däumelinchen* und vor allem von der weibmännlichen *Kleinen Meerfrau:* diese Märchen haben den Erzähler Thomas Mann ebenso durch sein Lebenswerk begleitet wie die Lyrikerin Doris Runge durch das ihre.

Jederzeit kann hier »die kleine aus kopenhagen« auftauchen, die um des Geliebten willen ihren Fischschwanz ablegt und eine menschliche Seele erlangen will, die nun mit dem Sündenfall der Erkenntnis und der Sterblichkeit gestraft ist, die durch die Menschen- als Männerwelt gehen muss in ihrem lebenslangen »Gang wie auf Messern« (ein Grund- und Leitmotiv, manchmal reduziert auf Formeln wie »messerschmerzen«) und die im Zwischenreich zwischen Leben und Tod endet, unter den »töchtern der luft«. Manchmal nimmt sie Züge einer Rächerin an; dann wird, was bei Andersen nur eine vorübergehende Anfechtung kurz vor dem traurigen Ende war, zur tödlichen Gewaltphantasie. So, als leidende und träumende, als verdorbene und verderbliche Grenzgängerin zwischen den Elementen, wird sie zur Schutzheiligen von Doris Runges lyrischer Phantastik.

Die metrischen und stilistischen Merkmale dieser Gedichte entsprechen ihrem Ineinander von Phantastik und Psychologie, von Traum- und moderner Alltagswelt, in einer eigentümlichen Analogie. Dass Konzentration und Entspannung dasselbe sind, das lehren die alten Zen-Meister. Doris Runges Verse machen die poetische Probe auf dieses Exempel. Nicht mehr als zwei, drei Wörter braucht hier eine Verszeile, oft nur ein einziges. Wer so wenige Worte macht, muss einiges zu sagen haben; nichts verrät sich in einer derart asketischen Poetik so rasch wie die typographisch aufgeblasene Nichtigkeit.

Im Kontext dieser ganz überwiegend reimlosen, nicht durch ein festes Metrum gehaltenen Verse können Formzitate aus älteren Traditionen überraschende Verfremdungseffekte erzielen. Wenn etwa der Reim einmal doch auftaucht – gar ausdrücklich angekündigt als »reim / in blattgold« wie im Titelgedicht von *jagdlied* –, dann wirkt er hier, ähnlich wie bei Celan, als grausame Kippfigur: »die haut das nest« reimt sich auf »rupfst mir den rest«, und das Liebesspiel wird zu Menschenjagd und -opfer. Längst konventionell abgenutzte Fügungen werden entautomatisiert, wenn in sonst reimloser Umgebung die Wörter »brot«, »droht« und »tot«

als Binnen- und Endreime wieder unheimlich zusammentreten (im Gedicht »wer«).

Die konsequente Kleinschreibung, der Verzicht auf Interpunktion und die reduzierte, oft bis an den Rand des Verstummens geführte Syntax isolieren die einzelnen Wörter und Wortgruppen so, dass sie neue, unvorhergesehene Beziehungen eingehen können. Die auffälligste Form, die diese Beziehungen annehmen, ist (darauf hat am nachdrücklichsten der Literaturwissenschaftler Michael Neumann in einem Artikel über Doris Runges Werk hingewiesen) jene rhetorische Figur, die von der klassischen griechischen Rhetorik als »Apokoinú« bezeichnet wurde. Gemeint ist damit die syntaktische Zweideutigkeit, die sich aus der unheimlich-doppelten Beziehbarkeit eines einzelnen Ausdrucks ergibt:

der haken weiß nichts
vom erhängten
im gerätehaus
finde ich spaten
und besen

Wenn die Sprecherin dem heiligen Benedikt, dem Schutzpatron des Klosters in C, zutraulich sagt: »ich ruh mich / nur aus / an deinem stein / löst sich / der mörtel«: findet sie dann im Beten Halt oder nicht?

Und »im stollen im wurzelwerk / schlafen vater mutter nicht / fremd wie sie es waren im leben« (im Gedicht »grubenlampe«) – also haben sie im Tod ihr Fremdsein überwunden? Oder kehren sie, immer noch Fremde, als Untote zurück?

Verbunden mit anderen Formen mehrdeutiger syntaktischer Bezüge, kann das Apokoinú unter dem trügerischen Anschein trittfester Verse die Sätze aufklappen lassen wie Falltüren – so im Gedicht »abendsegler«, in dem durchaus offenbleibt, ob es nur der Himmel ist, der da im Licht des Sonnenuntergangs in einer metaphorischen Blutlache liegt, oder das ganz unmetaphorisch für das Ich dieser Verse selbst gilt, diese Beute jener Vampire, die es gerade eben noch beobachtet hat wie ferne Vögel:

ich seh
die kleinen vampire
in den untergang
fliegen
seh sie jagen
in blutroter lache
im schlachtfeld
des himmels
seh ich den tag
mit geöffneten adern

Diese rhetorische Figur ist vielleicht mehr als jede andere das Signum ihres Werks, ihre Parole, das Wasserzeichen in jedem Blatt. In der Vorliebe für die kalkulierte Zweideutigkeit bündeln sich die Strahlen, die Doris Runges Lyrik durchleuchten: Es vermag die reichste Bezugsvielfalt auf engstem Raum zu erzeugen, mit den sparsamsten Mitteln; es vermag mit einer spielerischen Bewegung die Lesegewohnheiten aus dem Gleis zu bringen und das Geheimnis auf der Oberfläche zu verbergen.

Und zugleich ist es die genaue Entsprechung einer Weltsicht, die den Eindeutigkeiten misstraut und sich trotzdem nicht im Beziehungslosen verlieren will. Die Vereinzelung der Dinge und der Wörter, die Entfremdung des vormals Vertrauten, den Verlust der verlässlichen Ordnungen, die ihr konsequenter Modernismus diagnostiziert (und in der Rosenkränze und Wunderkerzen auseinandergefallen sind in »rosen und kränze / wunder und kerzen«): in der Figur des Apokoinú werden sie zugleich respektiert und spielerisch überwunden. Für Doris Runge fungiert sie wie ein Zauberstab der Phantastik – und zugleich als die kürzeste und anschaulichste Form der romantischen Ironie, die deren Bann wieder löst. Denn diese Zweideutigkeit ist ja beides zugleich: unheimlich und ironisch.

Sie kann auch am Rande des Kalauers balancieren, zwischen dem Drolligen und dem Grässlichen. Zweideutig versichert einer der Klosterbrüder, er habe »nie / dem anderen geschlecht bei / gelegen sei ihm einzig an buße«. Auch ohne die syntaktische Doppelbödigkeit kann der Kalauer in Doris Runges Versen dazu verhelfen, das verbrauchte, zerschlissene Wortmaterial wieder gebrauchsfähig zu machen und dort selbstbewusst weiter-, wieder sprechen zu können, wo die Sprache nicht hinreicht und wo die Metaphysik beginnt – in dem Sterbegedicht zum Beispiel, das dieser Auswahl den Titel gab: »zwischen tür und / engel«.

Camperland ist abgebrannt

Doch soviel Vergangenes und Mythisches in diesen Szenerien umgeht, so alltäglich sind sie oft auch wieder; und erst die Verschränkung beider Perspektiven erzeugt ihre traumhafte Ambivalenz. Doris Runges Poesie bezieht ihre suggestive Kraft aus den kalkulierten Unschärfezonen: als habe man das Entscheidende, alle Rätsel Lösende gerade eben im Augenwinkel wahrgenommen, und als sei es mit dem neugierigen Hinsehen blitzartig verschwunden. In den besten Gedichten gelingt das unangestrengt, nämlich lakonisch. Mit jedem weiteren Wort aber droht der Zauber zu verfliegen. Wenn irgendwo, dann ist hier die große Kunst angewiesen auf die kleine Form. Weil ihr Prinzip die Verkürzung ist, in der die Zeichen vieldeutig werden und sich von jedem Wort aus die Wege verzweigen, deshalb erlauben diese Gedichte keinen langen Atem. Wo die Kurzgedichte sich zu kleinen Zyklen fügen, da gewinnen sie etwas zwanglos Narratives; wie eine kleine lyrische Fortsetzungsgeschichte.

Immer häufiger drängen sich in den jüngeren Bänden zwischen die romantischen Tableaus und Fragmente die banalen Ansichten einer Gegenwart zwischen Autobahnkreuz und Intensivstation. Zunehmend werden die sanften Lyrismen abgefangen durch rasche Wechsel der Stilregister und schroffe, manchmal sarkastische Brüche in Satz, Versbau und Bildlichkeit. Genau und gelassen werden Anklänge an Celans betörende Daktylen (»sie füttert die wölfe / mit kreide sie legt / ihre hand auf dein herz«) ausbalanciert durch Zeilenbruch und lässige Alltagssprache. Arm in Arm gehen Wörter wie »herzmund« und das »kleine schwarze«, »preisschild« und »lämmerwölkchen«, der brennende Dornbusch und der Anrufbeantworter. Was eben noch aussah wie die zugleich über- und unterirdische Welt der Frau Holle, das ist vielleicht doch bloß die banale Wirklichkeit der Wohnmobile und Rettungshubschrauber, das »camperland« und die »wohnwagen / adventure und / california dream«, und die »schicksalshemden« sind gewoben »von den parzen / aus den billigländern«. Dann wieder ist die Aschewolke des allseits bekannten Vulkans, die den Flugverkehr lahmlegt, dieselbe, unter der dieses Ich (aber wer spricht da?) schon »seit jahrhunderten« wartet, als sei die Erdoberfläche in Wahrheit der Limbus der unerlösten Seelen – jener Seelen, die auch beim Verkehrsstau nach plötzlichem Wintereinbruch so selbstverständlich sichtbar werden wie für den kleinen Jungen in *The Sixth Sense*: »helikopter / fliegen / arme seelen / nach haus«. Camperland ist abgebrannt.

Die Welt von Doris Runges Gedichten ist immer auf der Kippe, immer ungewiss und geheimnisvoll. Aber sie enthält auch das Versprechen eines geheimen Zusammenhangs, für den »Liebe« kein unpassendes Wort ist. Die Lektüre der zweideutigen Welt wird in diesen Gedichten zur Spracherfahrung, die nicht aufs stumme Lesen und Hören, sondern auf das Gespräch aus ist:

nächtliches gespräch
wörter
ein fetzen papier
eine stimme raschelt
die eigene
so reden wir oft miteinander

»Bruderschaft« heißt dieses Gedicht in dem Band *jagdlied* von 1985. Das Rascheln des Papiers beim Umblättern: es ist der Klang einer Stimme, die nicht ins Dunkel hinausreden will, sondern auf Antwort wartet, in der Nacht. Das eigentümliche Glücksgefühl, das sich beim Lesen dieser verdunkelten Verse einstellen kann, hat auch etwas mit ihrer Offenheit zu tun. Aufmerksamkeit, Geduld, Mitarbeit werden dem Leser abverlangt – »oder wollen sie / einen raschen satz / gegen über für / um dabei / gelesen zu sein«? Gegen das flotte Lesen setzen Doris Runges Gedichte »die verschwörung / das blatt / das zeichen // windstille«. Diese stumme Gemeinschaft der Schreibenden mit ihren Lesern ist »grund genug«, weiterzuschreiben, »das gras zu schneiden / den stein zu wälzen«.

Eine Sisyphosarbeit. Aber Schriftsteller sind ja Leute, denen das Schreiben schwerfällt. Und der Ertrag lohnt die Mühe. Denn in der deutschen Lyrik der Gegenwart ist diese Poesie einzigartig.

Doris Runges kontinuierlich gewachsenes Werk, das man schon lange nicht mehr »schmal« nennen kann, hat eine Sprachkunst entfaltet, deren Strenge und Schönheit ganz für sich stehen. Es ist konsequent modern, weil es aus der dunklen, der unruhigen und beunruhigenden Romantik kommt, weil es deren Bildvorrat lebendig erhält, indem es ihn entromantisiert. Man hat diese Gedichte, wenn man will, in wenigen Augenblicken durchgelesen. Aber man wird nicht fertig damit.

Heinrich Detering

Doris Runge: Publikationen

Bücher

Märchen. Prosa (Berlin 1977)

Liedschatten. Gedichte (Hamburg 1981)

Der Vogel der morgens singt. Gedichte (Cork, Irland 1983)

jagdlied. Gedichte (DVA Stuttgart 1985)

kommt zeit. Gedichte (DVA Stuttgart 1988)

wintergrün. Gedichte (DVA Stuttgart 1991)

grund genug. Gedichte (DVA Stuttgart 1995)

Schiff. Bildband mit Texten (mit Gunther Fritz, Nieswand Verlag Kiel 1996)

Welch ein Weib! Mädchen- und Frauengestalten bei Thomas Mann. Essays (DVA Stuttgart 1998)

trittfeste schatten. Gedichte (DVA Stuttgart 2000)

du also. Gedichte (DVA München 2003)

die dreizehnte. Gedichte (DVA München 2007)

was da auftaucht. Gedichte (DVA München 2010)

Weitere Schriften

Poesie als Gegenweltentwurf. In: Die Kieler Liliencron-Dozentur für Lyrik. Hg. von Heinrich Detering und Michael Rösler-Graichen. Kiel 1999, S. 13–18

The Origins of a Poem. In: Southern Humanities Review 1994, Auburn, Alabama

Die Schwestern. In: Der Rabe (39). Hg. von Stephan Opitz und Bernd Rauschenbach. Zürich 1994, S. 52–56

Das Damenkränzchen. In: Cotta's kulinarischer Almanach 1995/1996. Hg. von Vincent Klink und Stephan Opitz. Stuttgart 1994, S. 176–179

Biografie

1943	geboren in Carlow, Mecklenburg
1953	Flucht aus der DDR
1965–67	Studium an der Pädagogischen Hochschule Kiel
1970–76	zeitweise Wohnsitz auf Ibiza
seit 1976	Wohnsitz im »Weißen Haus« am Kloster Cismar
1977	erste Buchveröffentlichung

Auszeichnungen

1985	Friedrich-Hebbel-Preis
1995	Preis der Künstlerinnengemeinschaft GEDOK Schleswig-Holstein
1997	Liliencron-Dozentur der Universität Kiel
1997	Friedrich-Hölderlin-Preis der Stadt Bad Homburg
1998	Kunstpreis des Landes Schleswig-Holstein
1999	Poetik-Professur der Universität Bamberg
2007	Ida-Dehmel-Literaturpreis

2009	Professur des Landes Schleswig-Holstein
2011	Aufnahme als ordentliches Mitglied in die Akademie der Wissenschaften und der Literatur, Mainz

Inhaltsverzeichnis

du also (2003)

die dreizehnte (2007)

MIX
Papier aus verantwortungsvollen Quellen
FSC® C014889

Das für dieses Buch verwendete
FSC©-zertifizierte Papier *EOS*
liefert Salzer, St. Pölten.

1. Auflage
Copyright © 2013 by Deutsche Verlags-Anstalt, München,
in der Verlagsgruppe Random House GmbH
Alle Rechte vorbehalten
Gestaltung und Satz: DVA/Brigitte Müller
Gesetzt aus der Meridien
Druck und Bindung: Friedrich Pustet KG, Regensburg
Printed in Germany
ISBN 978-3-421-04584-3

www.dva.de